AF274821

UNA VELADA EXQUISITA

Chelsea G. Summers vive en Manhattan y escribe sobre moda, sexualidad, política, tecnología y cultura. Tras unos años como académica y profesora doctorada en literatura inglesa del siglo XVIII, dejó la docencia para dedicarse al periodismo, y ha escrito artículos para publicaciones como *ADULT*, *Vice*, *Fusion*, *Hazlitt*, *The New Republic* y *The Guardian*. *Un hambre insaciable* fue su primera novela, publicada inicialmente en formato audiolibro en 2019, y más tarde editada en papel con gran éxito de ventas.

Chelsea G. Summers

———

Una velada exquisita

Traducción del inglés
de Alberto Gª Marcos

ALPHA DECAY

A Tori y Kathleen, con quienes he compartido muchas copas de vino, y a Taylor Swift, con quien me gustaría hacerlo.

Es viernes y nos congregamos para celebrar el rito. Callista traerá sus famosas *yígades plakí*; por mucho que se lo pidas, nunca revelará la receta. A lo sumo, dirá que la clave para preparar unas buenas alubias está en el perejil, pero eso ya lo sabemos todas. ¿En qué nevera no hay perejil? En la de un bárbaro.

No te confundas: no ejercemos el proselitismo trasnochado. Nos importa un pimiento que participes o no de nuestros fervores religiosos. A simple vista, no dirías que estamos metidas hasta el cuello en la religión. No vestimos con mangas que nos cubran los codos ni con faldas que nos cubran las rodillas. Deslizamos los pies en nuestros tacones de aguja, primero uno y luego el otro, como cualquier otra mujer, pero contenemos multitudes, y lo decimos en sentido literal, no en el mero sentido metafórico del *Canto a mí mismo*. No hay atisbo de recato en el pintalabios que usamos, y solemos decantarnos por un tono de escarlata muy similar.

Juntas hemos sentido ese éxtasis singular que producen la oración y el sacrificio religioso. Nos distingue. Creemos que nos hace destacar. Porque ¿qué es un ser humano sin la fe? Poco menos que un

animal con una tarjeta de crédito. Estamos conven-
cidas de que, como criaturas pensantes que somos,
tenemos la obligación de entregarnos a Dios y per-
mitir que se manifieste a través de nosotras.

Dientes: correcto.

Axilas: correcto.

Culo, pelotas y espalda:

correcto, correcto y correcto.

Calcetines:

limpios, intactos y emparejados. Correcto.

No logré encontrar mi prenda interior favorita: los calzoncillos grises jaspeados de no sé qué marca sueca sostenible, que vete tú a saber qué quiere decir eso. Los compré por puro impulso en Instagram una noche que no podía dormir. Decidí ir en plan comando. A las chavalas les gusta ese rollo. Demuestra que eres un «malote». Ir en plan comando parece espontáneo, aunque lo hagas aposta. Ir en plan comando, sobre todo debajo de unos vaqueros desgastados con botones en la bragueta, demuestra que vas con la polla por delante. Que estás cachondo desde el mismo momento en que te desabotonas los Levi's. Que eres indómito y que no te arrugas. Ir en plan comando demuestra que, aunque el muchacho salga de Misuri, no hay quien le saque Misuri de dentro. Por algo lo llaman el estado del «enséñamelo».

Hace casi una década me fui de Palmyra, Misuri, y me vine a vivir a Nueva York. Se me quedaba pequeño Palmyra, un pueblito encantador y simplón a las afueras de Hannibal, que, nombre morboso aparte, es una ciudad de mierda de lo peorcito. Después de vivir veintitantos años allí, Misuri era un rollo patatero, pero añoro el azul agreste y despejado de sus cielos. Añoro esa sensación fronteriza irracional que perdura en Misuri, a pesar del culebreo reptiliano del tráfico y de los grandes almacenes. Añoro el olor de la lluvia que trae el viento cuando atraviesa las plantaciones de maíz que antaño estaban pegadas al rancho de varios niveles de mi padre. Las plantaciones ya no están tan pegadas. Menos maíz, más expansión residencial. Demasiadas parejas sin futuro criando a sus 2,5 hijos, demasiadas incluso para un Medio Oeste moribundo.

Dato curioso: el principal motivo de orgullo de Palmyra es Jane Darwell, que ganó el Óscar a mejor actriz de reparto en 1941 por su papel en *Las uvas de la ira*. Tampoco es que yo sea superfán de Jane Darwell ni nada de eso… Murió casi veinte años antes de que yo naciera. Lo que pasa es que la Webster University, que está en el vecindario redundantemente conocido como Webster Groves, tiene una movida que llaman beca Jane Darwell para estudiar interpretación y resulta que me la dieron a mí. Sin la entrañable, difunta y pechugona Jane, yo no habría llegado a la puta Nueva York con todo un historial de excesos alcohólicos, una caja grande llena de libros, un gato gordo, unos pocos cientos de dólares y la cabeza llena a rebosar de imágenes de mi nombre en las consabidas luces de neón en la aún más consabida Broadway. Cuando reflexiono sobre la brevedad de mi fallida carrera como actor, pienso que tal vez, en mi juventud, debería haber tirado hacia el oeste, pero al salir de Palmyra giré a la izquierda, dirección Illinois, y ya seguí del tirón hacia el este hasta que me di de morros con Manhattan. Sopesé Los Ángeles. La visité unas cuantas veces, me presenté a algunas audiciones, fui de acá para allá en el coche y vi lo que había que ver. En conclusión: LA me hacía sentir vacío, imbécil y ebrio de sol, como una bola rodante con músculos, un guaperas anodino. A ver, entiéndeme: me gusta ser guapo, solo que no me gusta sentirme así.

En mis años mozos en Palmyra, antes de subirme al escenario en el Instituto de Palmyra, mi salvación fueron los libros. Leí un montón. Sobre todo a los modernistas, todo lo que escribió Hemingway, por ejemplo. Hice otro tanto con Faulkner, Fitzgerald e incluso Sherwood Anderson. Leí a Ibsen y a Tennessee Williams y a Chéjov y a O'Neill. De niño, leí; luego, de adolescente, actué. Mira, para qué andarme con rodeos, me moría por estar en cualquier sitio que no fuera Misuri, así que tuve que centrarme en mi vida interior, bien fuera a través de los libros o del escenario.

La literatura es la razón de que me decantase por Nueva York, y la Gran Manzana no me ha defraudado. No exactamente. No es lo que esperaba y no es lo que había imaginado y no es mi nombre, Shad Taggart, el que aparece en cartelera en luces de neón, ni siquiera en tinta negra como suplente en una obra del Off-Off-Broadway, pero no pasa nada. Di tumbos por los márgenes más mugrientos del teatro y, tras interpretar al indefectible delincuente turbio en una rueda de identificación en *Ley y orden* y a un cadáver en *Policías de Nueva York*, tras fracasar en mi intento de colarme en algún anuncio de difusión nacional sobre aseguradoras de coches o alivios hemorroidales y tras ser descartado en demasiadas películas estudiantiles de la NYU dirigidas por el nuevo Scorsese, el nuevo Lee, el nuevo Jarmusch, cambié el chip. Decidí que, ya que me vendía, me vendería a lo grande. Me saqué una licencia de agente inmobiliario y, en dieciocho meses, ya era propietario y me había mudado del cochambroso estudio de alquiler en el que vivía, en Inwood, a un apartamento recién reformado con dos habitaciones y baño propio en un edificio de antes de la guerra del Upper West Side. La junta de copropietarios me adoraba.

No es que vender apartamentos que ocupan toda una planta a los privilegiados de mierda de Wall

Street sea la pasión de mi vida, pero tampoco puedo decir que le haga ascos al dinero. Además, así no desaprovecho mi formación como actor. Soy un hacha. Consigo fingir auténtico interés. Finjo que esas personas son las legítimas amas del universo. Finjo que se merecen la cocina Viking y la iluminación encastrada y las vistas diáfanas del Hudson. Finjo que me trago la idea desproporcionada con aroma a Chanel n.º 5 o Invictus que tienen de sí mismas, y ellas confían en mis sinceros ojos azules y mi estudiada barba de un día. No me quejo de la vida, aunque mi sueño de actuar en la gran ciudad de las luces rutilantes no acabara como yo había deseado. O rezado. Me educaron en el baptismo. En fin. Mamá ya murió y a papá nunca le interesó la iglesia.

Una cosa genial de Nueva York es que follo mucho. En plan *mucho* mucho.

No quiero sonar como el típico cachas medio desnudo en el vestuario de un gimnasio pijo, pero ligo a diestro y siniestro. Doy gracias a Dios por OkCupid, que, en una ciudad tan dura e insaciable como esta, es un puto bufé ilimitado de delicias carnosas. Como mínimo, OkCupid ha servido para que le dé buen uso a la foto de mi jeta. Bien sabe Dios que a las agencias siempre les importó un pimiento mi retrato, así que a mamarla. Me dije que bien podía encontrar una manera de sacarle partido a mi foto. Es una buena foto, aunque el blanco y negro no haga del todo justicia al glorioso tecnicolor de mis ojos superazules. Cuando todavía actuaba, la gente del mundillo siempre me decía que mi retrato parecía la foto publicitaria de un galán de cine de los años cincuenta. Como si fuera la reencarnación de Tab Hunter o Grant Williams o alguna mierda nostálgica por el estilo. Qué quieres que te diga. En mi retrato parezco precisamente yo, incluso ahora, una década después de habérmelo hecho. Es el colmo de la ironía para alguien que ha sido actor, pero no puedo ser sino quien soy, y quien soy, a mis treinta y muchos, es demasiado guapo para el escenario o la pantalla. En definitiva, mi belleza es un regalo envenenado: aquello mismo que impidió que los directores me tomaran en serio consigue captar un montón de clientes inmobiliarios, y aquello mismo que impidió que me contratasen los productores hace a las mujeres despojarse de sus recelos y de sus bragas.

Nueva York está plagada de gente como yo —aspirantes ilusos metamorfoseados en renegados con el corazón blindado—, pero sigo siendo una mercancía preciada. Y eso es porque soy un hombre verdaderamente alto que es ni más ni menos que lo que aparenta. Doy la impresión de ser simpático, limpio, divertido y del todo inaccesible a nivel emocional. Soy todo eso hasta el mismísimo tuétano. Cuando me follo a una mujer, la respeto a muerte, pero, en cuanto escucho el «clic» de la puerta a mis espaldas, me ensimismo en mis cosas.

Para la ceremonia de esta noche, Callista lo ha encontrado a él, a la deliciosa golosina masculina que rodearemos con nuestros brazos y atraeremos hacia nuestros labios. Podría haber sido cualquiera de nosotras, pero Callista siempre ha tenido suerte. Es la más guapa, por supuesto, aunque ninguna es manca en lo referente a los hombres: todas tenemos nuestros encantos. Georgie es cautivadora, Chrysis posee el más dorado y lustroso de los cabellos, la tenebrosa Philia irradia un erotismo incandescente, la flexible Naia baila como la luz de la luna atisbada a través de unas higueras cimbreantes, y la rítmica Myrta, bueno, Myrta tiene aguante para varias noches. Ha habido otras, claro está, y siempre queremos ser más, pero esta noche somos seis. Seis mujeres unidas por una devoción común, una pasión torrencial y unas copas alzadas en éxtasis.

En nuestra congregación somos tan autosuficientes como vinculadas estamos. Somos mujeres fuertes, independientes, resplandecemos como chicas de calendario en la era post *Sexo en Nueva York*, vivimos en la metrópolis de *Sexo en Nueva York*, medramos en una época atestada de chicas decididas y empoderadas que parecen tenerlo todo, si por «todo» nos referimos a tiempo libre ilimitado, un armario repleto de Gucci y ningún trasfondo concreto más allá de vagos ademanes de riqueza generacional o heredada. Nosotras vamos a nuestros puestos de trabajo, hacemos algo; nos vamos a dormir a nuestros pisos, vivimos en un lugar determinado: tenemos «vidas», sea eso lo que sea. Lo cierto es que ya no nos sentimos conectadas a nuestros yoes seculares individuales. De puertas afuera, nuestra vida es un cúmulo de lugares comunes en tonos pastel; tan solo cobramos brío cuando estamos con nuestras hermanas epicúreas. No te darías cuenta de que somos diferentes, al menos no al principio, probablemente ni siquiera al final. En el año del señor de 2014, nos asemejamos a las cuantiosas manadas de mujeres calzadas con Louboutin que rondan por los pubs, sorben ostras en el *brunch* y engullen cosmopolitans mientras diseccionan sus líos amorosos. Camarillas como la nuestra abundan, son ubicuas en las calles adoquinadas del Meat Packing District o en las elegantes torres del Distrito Financiero. Grupos de mujeres atractivas rondan por los rincones más chic de Manhattan, como si no quedase ni una mujer solitaria en esta ciudad. Nosotras seis replicamos esas omnipresentes bandadas femeninas, pero somos enteramente singulares en nuestra interdependencia.

Érase una vez que las seis nos conocimos y juntas encontramos a Dios. Siendo, como somos, únicas, no somos distintas de cualquier mujer y su pandilla de fragantes amigas del alma. Sencillamente, estamos más unidas. Algunas nos conocimos en otro lugar —una extensa playa de arena blanca en la que un insólito cielo azul besa el agua azul ultramar; un concierto bullicioso en el que las mujeres pronuncian, todas a una, «never ever ever»; un bar en el que jarras de terracota vierten un vino rojo como la sangre; una clase de danza moderna en la que los cuerpos sudorosos se unen y separan como los átomos; una caótica fiesta al aire libre en pleno verano en la que un círculo de tambores late, late, late como el pulso de un gigante dormido—, algunas nos conocimos en otro lugar y atrajimos a otras al redil. Aunque no nos parecemos en nada, la gente cree que somos hermanas.

Estamos más unidas entre nosotras de lo que lo estamos a nuestros propios parientes. Con nuestras familias peleamos, o lo hacíamos cuando aún las veíamos. Entre nosotras nunca discutimos, nunca reñimos. Las desavenencias se evaporan como la condensación de un cristal. Juntas, nos movemos como una medusa, conectadas de forma compleja e inextricable en la vida y en la muerte. Nuestra fe es el centro de gravedad permanente que nos cohesiona, el sentido existencial compartido que confiere a cada una de nosotras un asidero en este mundo errabundo, turbulento e insondable. Como mujeres de la especie humana, somos individuos irrelevantes, pero, como cofrades espirituales, estamos unidas, reverentemente ligadas por un amor eufórico a nuestro Dios. Para nosotras, es la religión ancestral… Y por ancestral nos referimos a *muy* ancestral. Los barbudos esos de las túnicas y las sandalias son recién llegados, al igual que el tipo risueño aquel de la panza y la higuera. Nos adscribimos a una doctrina casi tan ancestral como el mismísimo tiempo. Nuestra fe, nos gusta decir, es más joven que el tiempo pero tan antigua como el vino.

Naturalmente, la delicia ritual de esta noche no es la primera. Hubo uno que dijo que se llamaba «Patrick, con P»; era más tonto que hecho de encargo, aunque también muy atractivo, con aquel pelo negrísimo y aquellos muslos de músculos firmes. El francés, Stefan, que escupió nuestro vino y pidió un Burdeos, no duró demasiado. El profesor universitario, Anthony, que excedía la edad media de nuestras elecciones habituales: su aterciopelada voz emitió desde lo más profundo del pecho un rugido como el de una bestia; disfrutamos de él todo lo que pudimos. Tantos hombres a lo largo de tantísimo tiempo. Muchos los ha suministrado Callista, pero no todos, como se aprestaría a apuntar Georgie. Es a Callista a quien mejor se le dan las citas: sus fotos eran arrebatadoras. A modo de tanteo para esta noche, había mantenido tres encuentros amorosos con el hombre que nos ocupa y había calibrado su aptitud una y otra y otra vez antes de proponérnoslo. Le gustaba su olor, dijo. Le recordaba a la resina de pino.

—¿Cómo se llama? —preguntamos mientras concretábamos nuestros planes.

—Shad —dijo Callista.

—Shad —repitió Philia—. Sábalo. Como el pez.

—O como el joven hebreo, Shadrach, también conocido como Ananías, que fue arrojado a un horno por no sé qué rey de Babilonia y sobrevivió —dijo Myrta.

—Sí —susurramos—, sobrevivió.

—¿Y qué hace? —preguntó Chrysis.

—Hace de todo —respondió Callista, que hubo de abrazarse a sí misma ante el escalofrío provocado por el recuerdo de los muchos placeres—, pero se dedica a la venta de propiedades.

—¿Está arruinado? —preguntó Georgie medio enfurruñada.

—No especialmente. Es alto, eso sí —dijo Callista—, como a nosotras nos gusta. Y guapo.

—Ay —ronroneó Naia—, qué guapo.

—¿El viernes, entonces? —preguntó Callista, con la uña escarlata de uno de sus dedos suspendida sobre su iPhone.

—El viernes —replicamos—. Reservaremos un sitio.

Esta noche tengo la cita más alucinante de la historia de las citas. Se llama Callista y va a traer a su mejor amiga. Posiblemente, a sus mejores amigas, en plural. No lo tengo del todo claro. Como pone en mi perfil, estoy a favor de todo lo que sea múltiple.

Callista, casi como la actriz que hacía de Ally McBeal en la tele. Ya sabes, esa superdelgada de hace unos años, la de la cabeza de chupa chups y el cuerpo como un regaliz de fresa. Hacía de abogada excéntrica en una serie, pero en la vida real se casó con Indiana Jones. O sea, por favor: Callista... ¿No es increíble? ¿A cuántas Callistas has conocido? Yo conocí a esta Callista, cómo no, en OkCupid. Según el cuestionario de la web, éramos compatibles al 98 %. ¿Mola o qué? En su foto de perfil se veía su rostro bronceado rodeado por una maraña disparatada de rizos rojos; en la siguiente foto se la veía en Fire Island, en toples, con tan solo la parte de abajo de un bikini rojo sangre, las manos de una persona que quedaba fuera del encuadre agarrándole los pechos redondos y las olas y el sol rompiendo a su alrededor. En la tercera, Callista, ante una gran copa de vino tinto, sonreía con la boca entreabierta, los dientes feroces y deslumbrantes, los labios teñidos de vino, los ojos verdes titilantes. Me quedé embelesado mirando aquellas diminutas imágenes en mi iPhone, usando pulgar e índice para agrandarlas y enfocarlas con una carica.

Reconozco que me sorprendió que respondiera que sí a la pregunta de OkC sobre si su «compromiso con Dios/la religión es lo más importante» para ella, pero qué le vamos a hacer. Si Callista dijera que no cree en los dinosaurios, por mí perfecto. O sea, siempre y cuando crea en los anticonceptivos.

En carne y hueso, Callista cumplía con todo lo que su perfil prometía. Era radiante, flamígera. Sus labios olían a flores y musgo. Con su vestido de piel de serpiente y los demenciales tacones de aguja de sus botas, parecía un sueño febril. Se emborrachó un poco, pero, bueno, yo también. En unas pocas —y delirantes— horas pasamos del bar a la cama del hotel, y después follamos como unos campeones. Callista se corrió una y otra vez, en no sé qué lengua, con mi lengua en su boca.

Encima, pagó ella la cuenta del bar y la habitación de hotel. Cómo no vas a querer a una mujer que sabe cuándo poner su AmEx Platinum sobre el mostrador. A lo largo de los días posteriores nos escribimos un poco, tampoco demasiado, nos mandamos algunas frases de ligoteo salpimentadas con emojis: tacos, labios, melocotones, mazorcas de maíz, chorritos de agua. Tras aquella primera cita volvimos a quedar otras dos veces, con un par de semanas de diferencia o así, siempre de noche y en días laborables. Y cada vez en un sitio distinto de la ciudad: en el Met Opera House para ver *Médée* en una expo de bronces etruscos en el Brooklyn Museum y, en otra ocasión, en una degustación de vino griego en Queens. Vimos, contemplamos, pimplamos y luego Callista me llevó a un hotel y nos pusimos a darle al sexo guarro y sublime como si no hubiera un mañana. Claro que me pregunté por qué no habíamos ido al piso de Callista —a muchas mujeres les gusta hacerlo en su terreno—, pero me imaginé que era como yo y que necesitaba separar lo profano de lo privado. O que estaba casada. Fuera como fuese, los hoteles son la polla.

Y quiere compartirme. Es como si le hubiera quitado el envoltorio textil a una mujer y debajo hubiera encontrado el premio gordo y todos los reintegros de la lotería del folleteo del siglo XXI. Lo único que me pone más que una cita en la que sé que me follaré a una señorita lasciva es una cita en la que sé que me follaré a más de una. Voy a ciegas, pero Callista me gusta lo suficiente como para dejarme liar. Es difícil pillarle el rollo. Es enigmática. Es proclive al plural mayestático, pero, siendo tan deslumbrantemente bella como es Callista, le permito todas las rarezas habidas y por haber en la historia del hombre...

o de la mujer, en este caso. Podría ponerse una capa con estrellitas y hablar de sí misma en tercera persona y yo seguiría yendo sin pensármelo adonde me dijera.

Así es que esta noche me veré con Callista y su amiga (¿amigas?) en un apartamento en pleno meollo de Bushwick. Cuando llegué a Nueva York, ni una orgía abarrotada de clones de Charlize Theron y Naomi Campbell me habría tentado lo bastante para ir a Bushwick, pero ahora ese rincón de Brooklyn antaño aterrador no es solo que sea seguro, es que está de moda. Tantos edificios de hierro colado no podían permanecer vacíos por los siglos de los siglos, máxime cuando los *hipsters* con ahorros y las cervecerías artesanales brotaron como las amanitas tras la lluvia. Máxime cuando proliferaron los *tech bros* y los estudios de tatuajes y las cafeterías y los teatros de burlesque y los Airbnb. Solo era cuestión de tiempo y capital que abrieran Bushwick en canal, lo remodelaran y lo resignificaran como zona de ocio mayúsculo. Tendría que mirar los anuncios, quizá incluso comprar algún inmueble como inversión. Los ingresos pasivos son la clave.

Chrysis trae los címbalos, que repiquetean débil-
mente al son de sus pasos. Ya hacía horas que Philia
había descorchado el vino y Myrta había desenfun-
dado sus timbales y los había dejado a mano, en una
mesita. Naia había pasado la tarde engalanando la
estancia con hiedra; el aroma a invernadero colma-
ba nuestras fosas nasales. Como tantas otras veces,
Georgie envió un mensaje para decir que llegaría
tarde: un reloj, una cara triste y un grupo de baila-
rinas vestidas de rojo. Lo cierto es que tampoco nos
pilló por sorpresa: el tentáculo izquierdo siempre
sabe lo que hace el tentáculo derecho.

—Viene, ¿verdad? —pregunta Myrta en cuanto en-
tramos. Ni siquiera nos había dado tiempo aún de
quitarnos los abrigos.

—Sí, sí, sí. Viene. No es de los que incumplen sus
promesas —dice Callista. Ella lo conoce bien.

—Está bastante excitado —añade Philia.

—No se lo perdería por nada del mundo —decimos.

—Sed sinceras —dice Chrysis—: ¿os lo perderíais
vosotras si fuerais él?

Reímos y reímos y luego volvemos a reír.

Como les sucedía a aquellos primeros cristianos siempre en movimiento, que se escondían en catacumbas y huían de los centuriones romanos, nuestro templo es ambulante. La era moderna no nos comprende. Como orden, somos inapropiada, nuestro culto sagrado es motivo de temor. Así pues, procesionamos de un lugar a otro... pero no importa: allá donde vayamos, nuestro dios nos halla. Este viernes noche nos reunimos en un ático precioso, en lo alto de un *brownstone* de Brooklyn. Airbnb ha sido una bendición para nuestro clan. Alguien, muy juiciosamente, había enrollado las alfombras y las había apoyado contra la pared como si de perezosas columnas dóricas se tratase.

—¡Un piano de media cola! —dice Georgie, que entra a la carrera, como de costumbre.

—Sí —respondemos—, este piso es bastante pijo.

—Pijísimo —secundamos.

Myrta enciende las velas y sonríe. Chrysis se cepilla hacia atrás la larga cabellera negra y mira su reloj.

—Quince minutos —murmuramos—. Aunque a menudo llega tarde.

—A menudo tarde —dice Callista—, pero siempre guapo.

—Guapísimo —dice Philia.

Murmuramos aprobatoriamente.

La habitación tiene un aire cálido, acogedor, elegante, casi como si viviéramos aquí. Las velas arden como estrellas diminutas, sus reflejos centellean en los cálices de cristal que Naia está disponiendo en el aparador. Arranca un brote de hiedra del tallo y se lo mete en la boca. Mastica, pensativa:

—¿Nos gustan estos cálices? —pregunta.

Le aseguramos que nos gustan.

—¿No son demasiado comprometedores?

Le decimos que no lo son.

—Echo de menos los de oro —suspira Georgie.

Suspiramos todas. ¿Cómo no íbamos a echar de menos el oro?

Myrta se sienta, se pone un timbal en el regazo y rodea otro, grande, con sus muslos largos y firmes. Toca un redoble fragoroso. Las yemas de sus dedos caen como la lluvia, repiqueteando sobre la piel en un *staccato* agitado y entrecortado. Sus palmas golpean cadenciosas y delicadas mientras ella, ausente, se deja arrebatar por el ritmo. Sentimos que nuestros corazones se sacuden y se sosiegan, se acompasan y se refrenan, se elevan y caen, se retuercen al son del tum tum tum en una armonía común. Myrta sonríe y deja caer los brazos.

—Perdón —dice—. Me he dejado llevar.

—Es fácil dejarse llevar en una noche como esta —dice Chrysis… o quizá Philia.

Te lo juro, Google Maps es lo puto peor. Por algún puto motivo que no me explico, Google me dijo que fuera a la estación M de Forest Avenue en lugar de a la estación M de Myrtle Avenue, con lo que al final tuve que caminar kilómetros por Ridgewood para llegar al apartamento de Beaver Street. Sí, en serio. Iba camino de Beaver Street, en Bushwick, para practicar sexo en grupo.[1] A veces mi vida me encanta.

«Sexo en grupo» es un término tan aséptico para una actividad íntima que resulta chocante. «Grupo» es una palabra rara, como grupa o Groupon o gruta. Si dices la misma palabra muchas veces, pierde todo el significado. Grupo. Grupo. Grupo. Grupo. Grupo. Grupo. Grumo. Engrudo. Muchas veces la excitación acaba produciendo ansiedad. Mamá me enseñó a ser educado en cualquier circunstancia, de modo que tengo un extraño sentido de la responsabilidad

---

[1] «Beaver» y «bush» (en español, castor y matojo, respectivamente) son formas vulgares de referirse al vello púbico femenino, mientras que «wick» (mecha, pábilo), también en argot, se emplea en referencia al pene.

por el disfrute de los demás. Eso está muy bien en el típico cóctel formal o en un encuentro del ámbito inmobiliario: sé qué preguntas halagadoras hacer a cada persona para que se sienta cómoda, ingeniosa e inteligente. En la típica fiesta universitaria sin ropa, sin embargo, lograr este nivel de comodidad requiere de una mayor sutileza. Y, cuanto mayor la sutileza, mayor es el estrés. En el contexto de una fiesta sin ropa, conseguir que la gente disfrute implica procurarle un tipo de placer muy específico. Hablando en plata: orgasmos. ¡Y los cuerpos de las mujeres son peliagudos! Me he enrollado con un número suficiente de tías que se proclaman feministas como para saber que relacionar los cuerpos femeninos con tierras inexploradas o cajas cerradas o misterios oscuros es un error o, directamente, chungo. Freudiano, me han dicho. Sé que pensar en el cuerpo de la mujer en esos términos es en cierto modo misógino, pero es lo que a mí me viene a la cabeza. Todas las mujeres son muy diferentes y todas quieren correrse y cada una lo consigue de una manera única e intransferible y superespecífica. En todo caso, yo quiero que se corran. Necesito que se corran. Cuando lo consigo, es gloria bendita. Para mí, para ellas, para ambos. El culmen de la experiencia humana son los orgasmos compartidos. Aun así, en esta ocasión, no me quito de encima el temor a no estar a la altura.

Nunca me aventuro al sexo en grupo —qué mierda de frase, tío— sin sentir la presión añadida de que todo trío viene de serie con el temor de que alguien se quede a dos velas. Los números impares me parecen antinaturales. Con cuatro se pueden hacer más cosas. Entre mi compulsión por hacer que todo el mundo esté a gusto y mi preocupación en general por hacer gozar a todas las partes femeninas implicadas, prefiero que los encuentros a tres o más bandas sean chico-chica-chico o chico-chica-chica-chico o chico-chico-chica-chico-chico-chico. Homoerotismo aparte, saber que no soy el único hombre en la sala con el orgasmo como objetivo hace que me estrese menos.

Caminaba y mis pensamientos se arremolinaban en espirales ululantes de angustia. Céntrate, me dije. Me concentré en la ondulante imagen de la suave piel femenina. Caminaba e imaginaba los rojos labios de Callista abiertos y su roja melena rizada. La imaginé con su amiga (¿amigas?). Imaginé sus bocas en mi cuerpo, mi boca en los suyos, nuestras piernas y brazos entrelazados con fuerza, nuestras pieles resbaladizas, el olor a sudor en nuestras fosas nasales, la luz de las velas refulgiendo en pechos y culos y labios vaginales brillantes por la saliva. Caminaba y escuchaba mi *playlist* precoital: Prince, Rihanna, Ginuwine, NIN, Drake, John Mayer... Lo sé, soy un cliché con patas.

Caminaba. En mi cabeza, la llamada de Bushwick, una tierra prometida de miel *hipster* y leche recién ordeñada. Caminé más rápido.

Suena el timbre. Naia, la más cercana al telefonillo, abre el portal. Sin pensarlo, nos alineamos por alturas, de Georgie, la más baja, a Myrta, la más alta. Mientras esperamos, contamos los latidos de nuestros corazones. Pum-pum pum-pum pum-pum. Escuchamos pasos, tap tap tap. Ahí está, toc toc toc, unos golpes de nudillos amortiguados. Inspiramos, espiramos y Georgie abre la puerta. Contra la luz del pasillo se recorta su silueta oscura, alta y de formas masculinas, tan solo un tenue destello dorado en su cabello iluminado.

—Este es Shad —dice Callista, y nos nombra en el orden en el que estamos: Georgie, Chrysis, Philia, Naia y Myrta. Le sonreímos, nos saluda y dejamos que nos bese las mejillas, una tras otra, como si estuviera oliendo educadamente una hilera de rosas.

Shad sonríe: dientes blancos como la leche y ojos azul tracio.

—¡Chicas, estáis preciosas!

Sonreímos y objetamos. Aunque nunca sepamos cómo responder, nos encantan los cumplidos.

—¿Eso es vino? —dice Shad, y se precipita hacia el aparador.

—¡Eh, eh, eh! —dice Myrta con los brazos en jarras.

—Tiene que beber todo el mundo —explica Georgie.

—Es una especie de ritual. —Philia ríe y añade—: Danos tu abrigo.

Se lo quitamos y, al sacarle los brazos de las mangas, palpamos sus bíceps, codos y antebrazos. Tiene los brazos largos, de constitución fina pero no delgada. Poseen una musculatura viril y una jugosa capa de grasa. A través de Callista recordamos sus brazos. Nos habían abrazado, carne con carne, piel con piel. Recordamos su lengua, rosa y rugosa como la de un gato. Había estado en nuestras bocas, sobre nuestros cuellos, entre nuestros muslos. Recordamos su pecho, hirsuto, mullido y suave. Su torso es hermoso: esbelto y elegante, con un pecho bonito y unas depresiones muy varoniles en las caderas. Su cuerpo nos cautivó desde el primer momento. Todavía nos cautiva.

Habíamos elegido el Airbnb por su techo catedralicio, su planta diáfana y su sofá modular, que convertía el perímetro del salón en una herradura acogedora y acolchada. Georgie conduce a Shad al centro del sofá y lo sienta, juega con su pelo, desabotona su camisa. Lo cebamos con *dolmades* y dátiles, granadas y elogios. Empujamos un bocadito de hojaldre de cordero contra sus labios. Lamemos las migajas entre risas nerviosas.

—¿Qué es eso que llevas? —pregunta Shad, que se ha fijado en el chal de Myrta.

—Leopardo de las nieves —responde ella, y él se ríe.

—Pero será falso, ¿no? O sea, no es auténtico.

Claro que no, respondemos. Los leopardos de las nieves son una especie en peligro de extinción.

Callista y Chrysis recorren el círculo; dejan un cáliz de vino en cada mano extendida.

—*Io evohé!* —dicen, y alzan sus copas.

—*Io evohé!* —respondemos.

—*Io evohé!* —dice Shad, inseguro, y después ríe—. ¿Qué significa?

—Solo es un brindis —murmuramos.

—… Un saludo a nuestros dioses —se le escapa a Georgie, que de inmediato se cubre la boca con las manos.

—Una celebración del placer —decimos bien alto mientras miramos a Georgie.

—¡Pues yo estoy muy a favor del placer! —exclama Shad—. Lo llaméis como lo llaméis.

Lo miramos a los ojos, bebemos y volvemos a beber. Deslizamos nuestros dedos por su pecho y los introducimos en su rubia cabellera desgreñada. Rascamos la piel bajo su barba incipiente con el extremo de nuestras uñas bien cuidadas. Restregamos nuestras pantorrillas desnudas contra las perneras de sus vaqueros. Nos sentamos en el suelo frente a él y presionamos nuestros pechos contra sus rodillas.

—Oye —dice Shad—, este piso es fantástico. La planta es increíble, con estos techos tan altos. Los edificios de hierro colado no suelen ser tan versátiles a la hora de, por ejemplo, las reformas. Me encantaría conocer al constructor. ¿Es vuestro o es alquilado? ¿Quién vive...? —comienza a preguntar, pero acallamos su boca con un beso.

Le quitamos la camisa, los zapatos. Desabrochamos los botones de sus Levi's. Emitimos un grito ahogado intencionadamente halagador a la vista del grosor y la largura de su pene. Recorremos sus hombros con nuestros dedos y descendemos por su torso. Deslizamos nuestros tirantes hombros abajo, apretamos nuestros pechos contra su boca y su cabeza contra nuestros pechos. Rellenamos las copas y bebemos, besamos y bebemos vino directamente de la boca de Shad, él bebe de las nuestras y nosotras reímos muy alto.

—*Io evohé* —decimos, entrechocando las copas con ebria indiferencia—. *Io evohé* —decimos mientras palpamos su delicada y maleable piel.

Cuando Callista me preguntó si me gustaría pasarlo bien con ella acompañada de alguna amiga, me imaginé un total de dos o tres mujeres. No me esperaba una tropa de seis. Todas ellas eran una preciosidad, muy diferentes entre sí y todas deliciosas. ¡Pero eran demasiadas! Seis bocas, doce piernas, doce brazos, doce pechos, seis vulvas indescriptiblemente únicas, palpitantes y vivas y deseosas bajo sus vestidos. Aquel viernes noche, de camino a Beaver Street, sabía que me superarían en número, pero no que sería en una proporción de seis a uno. Incluso el mejor semental de entre los varones estadounidenses habría sentido punzadas de ansiedad por su rendimiento ante tamaña disparidad numérica. Hasta que vi a aquellas seis señoritas, jamás se me había pasado por la cabeza tomar Viagra.

Hay que ser un macho imponente para dar la talla seis veces. Sentado entre aquellas seis mujeres bellas y sonrientes, me di cuenta de que me aventajaban... Demonios, me *avejentaban*. Semejante panorama me había anulado por completo. No iba a follármelas: iban a follarme. Eché cuentas mientras, una tras otra, me metían pedacitos de comida en la boca y concluí que, aparte de salir por la puerta, mi única opción era aguantar el tipo. Les dejaría que hicieran conmigo lo que quisieran, dentro de lo razonable, y me tumbaría de espaldas y disfrutaría.

Había manos por todas partes y las dejé ir donde quisieron. Había bocas por todas partes y las acepté. Me achucharon, me empujaron, me desnudaron y escanciaron vino en mi garganta. Me retorcieron y me besaron y me lamieron y me mordisquearon con unos dientes singularmente afilados. Al principio consentí para mis adentros y después acabé dándoles mi consentimiento de viva voz.

—Sí —dije cuando metieron sus dedos en mi boca y los míos en las suyas.

—Sí —dije cuando sus cabezas (pelirroja, rubia, morena, castaña, canosa, lavanda) se abalanzaron sobre la mía, se deslizaron por mi cuerpo, se restregaron contra mi piel como grandes felinos de pelaje leonado.

—Sí —dije cuando me hicieron girar y girar, palpando mis muslos y mis rodillas, mis axilas y mis pezones, mi ombligo y mi culo.

—Sí —me di cuenta de que decía una y otra vez al compás de un redoble indescifrable, un golpeteo sordo de tambor que sonaba de fondo.

Sí, sí, sí, dije; sí, quiero; sí, os quiero, sí. Sí, beberé vuestro vino, sí. Seré vuestro vino. Sí, quiero que me traguéis entero.

—*Io evohé* —dicen Callista/Myrta/Naia mientras vertemos vino en el torso de Shad. Nos detenemos a admirar el oscuro lustre vinoso antes de pasar nuestras lenguas por su abdomen para recoger las gotas que se acumulan en su ombligo.

—Sí —dice Shad. Se ha resbalado del sofá y yace sobre una piel extendida en el suelo—. Sí —dice—, sí.

La copa de Shad nunca está vacía. Bebe, vuelve a beber, apura la copa hasta las heces y cuando la toma de nuevo la encuentra llena. «Io evohé», repetimos sin cesar, y él lo corea, riendo, desnudo. Brilla su carne, carmesí, a la luz de las velas. Su polla se yergue dura y majestuosa cual rama en el árbol esbelto y flexible que es su cuerpo. Jugamos con ella, enroscamos la hiedra en ella, de su glande gotea el vino, lo lamemos y reímos.

El aire se agita, se dilata, se desboca. ¿Es una brisa? Sentimos cierta fluctuación en nuestra piel de raso, húmeda por el vino, el sudor y el semen. Olemos el verde intenso del musgo y el verde intenso del helecho y el ocre esférico de la tierra. Oímos el tap de un dedo sobre la piel, el chasquido de un pie sobre las ramas.

Bajo nuestros pies desnudos, el suelo es tibio, suave como el seco terciopelo de la anciana tierra. El aroma a invernadero que desprende la hiedra se percibe más cercano y más cálido. Shad, de pronto intranquilo, se revuelve un poco agitado.

—¿Qué está pasando aquí? ¿Quiénes sois? ¿Qué estáis haciendo?

Su voz pretende ser apremiante, pero tartamudea un poco. Nuestras manos acarician su cuerpo, lo calman, lo hacen callar. Le decimos que no pasa nada. Sonreímos y le apartamos el dorado cabello de los ojos, empujamos su cuerpo tenso de nuevo contra el suelo. Restregamos nuestra nariz en su mentón e inhalamos su aroma: tabaco, sal y menta. Notamos cómo se relaja al contacto de nuestras manos.

Philia toma su flauta y se la lleva a la boca teñida de vino, las manos de Myrta revolotean sobre las pieles de los tambores, ta-pa-ta ta-ta bum ta-pa pa-ta-pa bum. Chrysis alcanza sus címbalos y los entrechoca, ¡chas! ¡chas! ¡chas!, Callista golpetea el suelo con su tirso, pum-pum-pum, y Naia bate palmas y se contorsiona.

Chrysis alza los brazos y rota sobre sí misma con las manos en alto; Philia levanta a Shad del sofá, lo hace girar, también, hace que dé vueltas y vueltas con nosotras mientras lo rodeamos y bailamos como las estrellas de una constelación, el vino rebosa de nuestros cálices siempre llenos y cae sobre nuestros vestidos, adhiere las sedas a nuestros cuerpos allí donde hay ropa y salpica nuestra sedosa y sanguina piel allá donde no la hay. Nos retorcemos al compás del pa-ta-pa del tambor y el ¡toc! ¡toc! del tirso y el ¡chas! ¡chas! de los címbalos y la dulce y poética voz de la flauta que suenan a nuestro alrededor. Myrta y Callista, Chrysis y Philia, Georgie y Naia, y todas a la vez junto a Shad, la música suena, nos apremia, nos emociona, nos dirige, nos hace dar vueltas y más vueltas. Nos retorcemos y giramos y dejamos de distinguir la estancia, la ciudad, el sonido y la atmósfera de modernidad, como si todo eso no fuera más tangible que la sombra de un zoótropo que parpadease borroso en las paredes. En este templo bajo las embelesadas estrellas, el viento murmura alegre y cálido en nuestras pieles húmedas y bailamos, olvidados nuestros hijos en el pueblo, ajenos los fuegos del hogar; nuestras voces invocan a nuestro dios al unísono en un éxtasis feroz y reverente.

¿Oigo música? ¿Eso son estrellas? ¿Qué son estas mujeres? El pánico remite casi al instante y me rindo con mi sempiterno sí interior. Soy un animal magnífico bajo sus muchas manos, soy su juguete, su mascota. Sus dedos me acarician, sus uñas me arañan, sus bocas susurran sonidos en mis oídos y siento que mi cuerpo es izado, palpado, acomodado a su antojo. Soy suyo, soy nada, soy suyo, soy nada. Soy suyo.

Todo es como debe ser. El musgo húmedo bajo mis pies, las incalculables estrellas sobre mi cabeza, el golpeteo de los pies a mi alrededor, los olores animales en mi nariz, el revoloteo de criaturas en derredor. Y el vino, el vino, el vino cúprico, espeso y salino, soy uno con el vino y el vino es bueno y estas mujeres —estas mujeres— están en todas partes, dentro de mí sobre mí alrededor de mí, me rodean, sustanciosas y acogedoras y húmedas y candentes y soy suyo. Percibo el olor de un chivo, de un león, de otro hombre... ¿o es un toro? Una mujer... Una mujer nueva, una mujer enorme, grande y ancha e imponente, que huele a heno y sangre y animales salvajes. Siento que el mundo gira, me envuelve me abraza me transporta. Soy suyo soy Suyo me dejo ir con un sollozo de ternura.

Bailamos en corro con las manos en alto y las voces como un único lamento, cantamos y describimos círculos, rojas bajo la luz vinosa, y encontramos al otro, al singular, al diferente, al hombre. Lo tomamos entre nuestras manos y es el centro de nuestra rueda de tortura y giramos, tiramos de él, lo tensamos, lo retorcemos, nuestros dedos en su carne, la de este hombre llamado Shad. Más y más rápido, como aves de presa giramos, el trance y el éxtasis, la audacia y la demencia nos urgen a dar vueltas y más vueltas, con más intensidad y más rápido y más vueltas.

Primero se desgarra su brazo izquierdo. Un brazo, luego el otro. Una gran hendidura en el centro de su cuerpo, las costillas crujen como el caparazón de una langosta y dejan al descubierto el rojo brillante y rítmico de su corazón aún latiente, la delicia del tierno timo de Shad, la zarzamora agridulce de su hígado. Colapsa, un hombre de papel que se dobla sobre sí mismo, vacío e inmaduro. Las piernas dan más trabajo, pero hay pocas cosas que no consigamos cuando nos lo proponemos. Detenemos nuestro incesante corro; a la luz de las velas, permanecemos firmes, decididas, de un escarlata brillante, nuestras bocas y barbillas teñidas de carmesí, la húmeda sangre caliente refrescante y pegajosa, hierro en nuestro vino rojo cereza, sangre espesa en nuestra acogedora tierra. Latiendo en nuestros corazones, colmando nuestros vientres. Apretamos nuestros labios contra la carne y alabamos su ternura.

Nos lamemos los dedos, nos los metemos hasta el fondo de la garganta y nos limpiamos las unas a las otras como grandes felinos húmedos. Ronroneamos amontonadas, tibias y próximas, recuperamos la blandura y la humanidad con el ebrio sueño divino en nuestros pechos, nuestra respiración se sosiega hasta casi la quietud.

La piel de Shad ya no es del color de la crema. Su cabello ya no despide reflejos dorados. Sus ojos ya no refulgen con un azul tracio. Sus labios ya no se separan en una sonrisa: no desde que se los comió Callista.

Pobre cordero. Cuando quiso darse cuenta de lo que sucedía, ya había acabado, ya había pasado su momento, y ahora yace despedazado en el suelo del ático de un desconocido. La conclusión de un éxtasis es siempre muy melancólica. No solo de vino vive el hombre, y la mujer, bueno, nosotras no podemos vivir solo del hombre. Aun así, nunca estamos solas. No del todo. Contenemos multitudes, somos muchas, somos ménades y nos cobraremos nuestros placeres y nuestra venganza. En cualquiera de ambos casos, cuánta dicha.

«GOT THE WINE FOR YOU»:
UNA NOTA DE LA AUTORA

No soy una *swiftie*. Carezco de conocimientos enciclopédicos sobre las letras de Taylor Swift y se me escapa la infinidad de sus valiosísimas referencias crípticas. No comencé a seguir a Taylor Swift en Insta hasta el año pasado. Me niego a soltar mil pavos por una entrada para el Eras Tour y soy demasiado irascible como para entrar en Ticketmaster con la suficiente antelación para conseguir una entrada a un precio razonable. No tengo ni una sola pulsera de la amistad.

Con todo y con eso, escribí la totalidad de este librito mientras escuchaba exclusivamente música de Taylor Swift… y empecé a escribirlo en 2015. Lo que sucedió fue lo siguiente: en marzo de 2015, un hombre que me gustaba mucho me hizo el vacío. Me sentí furiosa, impotente y abandonada, y, en un vano intento de reconfortar mi alma de animal herido, escuché los álbumes *1989* y *Red* de Taylor Swift en un bucle infinito. Aquel mayo, con la experiencia del *ghosting* aún reciente, mi amiga Katelan Foisy, la misma pitonisa que me hizo aquella lectura del tarot que ayudó a alumbrar mi primera novela, *Un hambre insaciable*, me pidió que participara en Pythia, un evento esotérico que se celebró en un almacén recóndito de Brooklyn. En consonancia con el tema délfico de la velada, y como parte de mi exorcismo emocional, escribí sobre un grupo de ménades que despedazan a un hombre en un Airbnb de Bushwick. Leí el relato en el evento de Katelan. Luego se lo mandé por correo electrónico al hombre que me había ignorado, con el asunto: «Donde te mato». Casi una década después, sigue haciéndome gracia.

Durante aquella época delirante y jodida, las ménades me tocaron la fibra emocional correcta: esta hermandad extática, un grupo que se reúne tanto para la celebración desbocada como para la exaltación de lo divino, hunde sus raíces en la mitología, pero también en la realidad histórica. Me atrajo la idea de un colectivo femenino que se congrega para entregarse a la liberación mística y la misandria. Las ménades ocupan un espacio interesante porque, aunque aparentemente adoran a Dioniso, el dios griego del vino, también existen con independencia de él y, como grupo dionisíaco, están relacionadas con Cibeles, diosa griega a medio camino entre la madre creadora y la vengadora destructiva.

La lealtad de las ménades es, digamos, tornadiza. Por si esto fuera poco, hasta los ovarios de penar por el fantasma de aquel hombre, me sentía un poco enajenada, y la enajenación se arremolina en torno a las ménades. ¿Por qué, si no, habrían de reunirse, beber en exceso, bailar desnudas y desmembrar hombres con sus manos desnudas? Todo lo relacionado con la forma de vida de las ménades me atraía.

En mi primera versión de este libro en miniatura —y gracias, American Booksellers Association, por elegirme para escribir algo para el Indie Bookstore Day—, solo utilicé el plural mayestático de las ménades. Me fascinaba aquel pronombre colectivo, sin duda alguna porque me sentía solísima en mi irrazonable y reciente duelo por abandono y necesitaba compartirlo no solo como obra de ficción, sino también como estado emocional. Escuché *1989* y *Red* y escribí mi relato con el corazón doliente y en carne viva, el ánimo colérico apaciguado por ideas homicidas y la cabeza rebosante de letras de Taylor Swift. Quería aproximarme a esa rabia femenina extática que impregna canciones como «Blank Space», «We Are Never Ever Getting Back Together» y «I Knew You Were Trouble». La fuerza cautivadora, catártica y caótica intrínseca de esas canciones me resultaba liberadora —reveladora, incluso—, de modo que me sumergí en la furia delicada y sedosa de Taylor Swift y canalicé la conciencia singular de las ménades para explorar ese espíritu swiftiano divino y delirante.

Cuando reinventé esta historia, en invierno de 2023 —el cambio principal fue la introducción de la voz de Shad—, escribí con plena consciencia de cuántas cosas habían cambiado en los ocho años transcurridos desde su primera versión. No era solo que hubiera publicado un libro y me hubiera casado y mudado a Suecia, ni que el mundo se hubiera transformado debido a una pandemia, al auge del fascismo, la proliferación de la censura y quema de libros y la merma de derechos de las personas racializadas, migrantes, mujeres y LGBTQIA+. También estaban la emergencia del fenómeno *swiftie* como fuerza económica, política y cultural y el cambio a gran escala que la preeminencia de lo *swiftie* —o, para el caso, de la Beyhive o del *fandom* de boygenius, se llame como se llame— ha supuesto para la cultura contemporánea. Parecía que el mundo abría los ojos al poder de las voces femeninas jóvenes. Y también parecía que el viejo orden se estremecía ante aquel sonido colectivo.

Allá por la primavera de 2015, el término «swiftie» aún era relativamente nuevo y de uso más bien limitado. La primera en pronunciarlo fue la propia Swift en una entrevista, en 2012, y no lo registró hasta 2017, pero, para cuando yo comencé a revisar este relato, en verano de 2023, «swiftie» ya era más que ubicuo: era revolucionario. Si crees que exagero, párate a pensar en las repercusiones que tuvo la decisión de Swift de retirar su catálogo de Spotify, la importancia de la regrabación y relanzamiento de sus primeros discos o los cinco mil millones de dólares que el fenómeno *swiftie* inyectó en la economía tan solo en los cinco primeros meses de la gira Eras.

Reescribí esta historia mientras éramos testigos de la apoteosis de Taylor Swift y definí a las ménades como una entidad swiftiana, un grupo de mujeres cuya conciencia colectiva se basaba en una experiencia de arrebato compartida. Pensé en cómo las *swifties* aceptan las señas de la feminidad convencional —el deseo de estar guapa, el hincapié en la importancia de las emociones, el toma y daca en la negociación para delimitar tu espacio personal en una relación, la delicada experiencia de la niñez— sin renunciar a un ímpetu salvaje, a una capacidad homicida latente o a una solidaridad inquebrantable. Rehíce el relato y revisité el catálogo de Taylor Swift e imaginé a la masa resplandeciente e inflamada que había tras ella. Vi una marea de manos en el aire y oí un alarido primario común de júbilo por estar en presencia de una deidad moderna. Traté de profundizar en esa experiencia incluso cuando le daba voz a Shad (gracias, por cierto, al Shad real, que, *ghosting* aparte, siempre ha sido más bueno que el pan).

Nací en los sesenta, crecí en los setenta y me hice adulta en los ochenta. No tuve ni Beyhive ni *swifties*. Alcancé la madurez en una época en la que las voces y las experiencias de las mujeres jóvenes eran ridiculizadas, en el peor de los casos, o, en el mejor, tratadas como una curiosa fantasía. Puedo ser una arpía de hierro forjado, pero la creciente e inflexible primacía de las voces de las mujeres jóvenes me conmueve hasta las lágrimas. El fenómeno *swiftie* puede ser la cresta de este tsunami de sensibilidad, pero hay un enorme y agitado océano de personas jóvenes con emociones complejas y contradictorias que jamás de los jamases cerrarán la boca al respecto. Están haciendo un esfuerzo titánico, benditas sean. Al insistir en su importancia, al plantear sus opiniones, al expresar sus convicciones, están cambiando el mundo, a base de posts de Instagram, de vídeos de TikTok y de canciones pop de éxito. La consigna de esta generación es «caótico», una sola palabra desprolija, convulsa y elegantemente adecuada que engloba sentimientos contradictorios, deseos incompatibles e impulsos paradójicos. Ojalá de joven me hubiera permitido a mí misma ser caótica; habría sentido mucho menos dolor.

Vosotras, la generación *swiftie*, me habéis cambiado la vida, y no solo por haber ayudado a la veinteañera insatisfecha que fui mucho tiempo atrás a encontrar la paz interior que se le debía. Sin vosotras, no habría tenido la oportunidad de escribir este librito. Sin las chicas de #unhingedwomen, sin las fans de #cannibalgirlboss, sin la gente que me envía mensajes directos para decirme que les gusta mi trabajo y me llaman «madre», mi primer libro habría languidecido en el olvido. Los creadores de contenidos en redes convirtieron mi debut en un superventas, y su cariño colectivo ha animado mi anegado y abatido corazón más veces de las que me atrevo a confesar sin sonrojo. Son demasiados como para darles las gracias de forma individual, pero me gustaría mencionar a Nina Haines, Olivia Koufos, Joseph Hall y David Ruis Fisher, cuya pasión por mi trabajo sin duda ha sacado de quicio a sus seguidores, amigos y familiares. Agradezco profundamente vuestro cariño.

Quiero dar las gracias a mi agente, Kent Wolf, que es incluso más magnífico que su propio nombre, y a mi editor en The Unnamed Press, Chris Heiser, que me propuso a la ABA y se dejó la piel ayudándome a dar forma a esta historia. Me gustaría dar las gracias a todas las librerías independientes que han respaldado a mi cruento querubín, y me gustaría dar un apretón de manos a los libreros que han recomendado mi libro; estoy deseando visitaros a todos y cada uno de vosotros.

Como Taylor Swift, no soy nadie sin mis amigos y mi familia. Estoy eternamente agradecida a Tory

Jones, Max Fractal, Molly Crabapple, Jen Udden, Sand Avidar, Agri Ismaïl, Jonathan Gray e Ilana Teitelbaum. Gracias a las Urdette: Libby, Anne y Kathleen, cada una de las cuales se disfrazó como una era de Swift el pasado Halloween. Gracias a mi padre y a mi madre por comprarme aquel gran libro ilustrado sobre los mitos griegos cuando era niña, y gracias a mis tías, que expresaron un deleite ilimitado con mi primera novela. Y gracias al buenorro de mi marido sueco, que me deja a mi aire para que pueda trabajar, me canta cancioncillas tontas y me colma de amor.

Por último, gracias a ti por comprar mis historias, por leerlas, por hablar sobre ellas con quien quiera escucharte y por decirme que te gusta mi libro. Lo escribí para ti. Para todas vosotras.

Título original:
An Excellent Host

© 2024, Chelsea G. Summers

Esta edición se publica de acuerdo con
The Foreign Office Agència Literària, S.L.
y Neon Literary LLC

© de la traducción: Alberto Gª Marcos

© 2025 Ediciones Alpha Decay, S.A.
Gran Via Carles III, 94 - 08028 Barcelona
www.alphadecay.org

Primera edición: diciembre de 2025

Colección dirigida por Julia Echevarría

Maqueta interior: Robert Juan-Cantavella
Maqueta cubierta: Sergi Gòdia Moragues
Impresión: Imprenta Kadmos

BIC: FA
ISBN: 979-13-990564-5-7
Depósito Legal: B 21.682-2025

Esta
edición,
primera, de
Una velada exquisita,
se terminó de imprimir
en Salamanca en el
mes de noviembre
de 2025.

TÍTULOS RELACIONADOS

Un hambre insaciable
CHELSEA G. SUMMERS

Mi hermana, asesina en serie
OYINKAN BRAITHWAITE

Soy fan
SHEENA PATEL

El papel pintado amarillo
CHARLOTTE PERKINS GILMAN

Conejo maldito
BORA CHUNG